HÉSIODE ÉDITIONS

GUSTAVE FLAUBERT

Hérodias

Hésiode éditions

© Hésiode éditions.

1 rue Honoré - 93500 Pantin.
ISBN 978-2-38512-197-6
Dépôt légal : Février 2023

Impression Books on Demand GmbH

In de Tarpen 42
22848 Norderstedt, Allemagne

Hérodias

I

La citadelle de Machærous se dressait à l'orient de la mer Morte, sur un pic de basalte ayant la forme d'un cône. Quatre vallées profondes l'entouraient, deux vers les flancs, une en face, la quatrième au-delà. Des maisons se tassaient contre sa base, dans le cercle d'un mur qui ondulait suivant les inégalités du terrain ; et, par un chemin en zigzag tailladant le rocher, la ville se reliait à la forteresse, dont les murailles étaient hautes de cent vingt coudées, avec des angles nombreux, des créneaux sur le bord, et, çà et là, des tours, qui faisaient comme des fleurons à cette couronne de pierre, suspendue au-dessus de l'abîme.

Il y avait dans l'intérieur un palais orné de portiques, et couvert d'une terrasse que fermait une balustrade en bois de sycomore, où des mâts étaient disposés pour tendre un vélarium.

Un matin, avant le jour, le Tétrarque Hérode Antipas vint s'y accouder, et regarda.

Les montagnes, immédiatement sous lui, commençaient à découvrir leurs crêtes, pendant que leur masse, jusqu'au fond des abîmes, était encore dans l'ombre. Un brouillard flottait, il se déchira, et les contours de la mer Morte apparurent. L'aube, qui se levait derrière Machærous, épandait une rougeur. Elle illumina bientôt les sables de la grève, des collines, le désert, et, plus loin, tous les monts de la Judée, inclinant leurs surfaces raboteuses et grises. Engaddi, au milieu, traçait une barre noire ; Hébron, dans l'enfoncement, s'arrondissait en dôme ; Esquol avait des grenadiers, Sorek des vignes, Karmel des champs de sésame ; et la tour Antonia, de son cube monstrueux, dominait Jérusalem. Le Tétrarque en détourna la vue pour contempler, à droite, les palmiers de Jéricho ; et il songea aux autres villes de sa Galilée : Capharnaüm, Endor, Nazareth, Tibérias où peut-être il ne reviendrait plus. Cependant le Jourdain coulait sur la plaine aride. Toute blanche, elle éblouissait comme une nappe de neige. Le lac, maintenant, semblait en lapis-lazuli ; et à sa pointe méridionale, du côté de l'Yémen, Antipas reconnut ce qu'il craignait d'apercevoir. Des tentes brunes étaient dispersées ; des hommes avec des lances circulaient entre les chevaux, et des feux s'éteignant brillaient comme des étincelles à ras du sol.

C'étaient les troupes du roi des Arabes, dont il avait répudié la fille pour prendre Hérodias, mariée à l'un de ses frères, qui vivait en Italie, sans prétentions au pouvoir.

Antipas attendait les secours des Romains ; et Vitelius, gouverneur de la Syrie, tardant à paraître, il se rongeait d'inquiétudes.

Agrippa, sans doute, l'avait ruiné chez l'Empereur ? Philippe, son troisième frère, souverain de la Batanée, s'armait clandestinement. Les Juifs ne voulaient plus de ses mœurs idolâtres, tous les autres de sa domination ; si bien qu'il hésitait entre deux projets : adoucir les Arabes ou conclure une alliance avec les Parthes ; et, sous le prétexte de fêter son anniversaire, il avait convié, pour ce jour même, à un grand festin, les chefs de ses troupes, les régisseurs de ses campagnes et les principaux de la Galilée.

Il fouilla d'un regard aigu toutes les routes. Elles étaient vides. Des aigles volaient au-dessus de sa tête ; les soldats, le long du rempart, dormaient contre les murs ; rien ne bougeait dans le château.

Tout à coup, une voix lointaine, comme échappée des profondeurs de la terre, fit pâlir le Tétrarque. Il se pencha pour écouter ; elle avait disparu. Elle reprit ; et en claquant dans ses mains, il cria :

– Mannaëi ! Mannaëi !

Un homme se présenta, nu jusqu'à la ceinture, comme les masseurs des bains. Il était très grand, vieux, décharné, et portait sur la cuisse un coutelas dans une gaine de bronze. Sa chevelure, relevée par un peigne, exagérait la longueur de son front. Une somnolence décolorait ses yeux, mais ses dents brillaient, et ses orteils posaient légèrement sur les dalles, tout son corps ayant la souplesse d'un singe, et sa figure l'impassibilité d'une momie.

– Où est-il ? demanda le Tétrarque.

Mannaëi répondit, en indiquant avec son pouce un objet derrière eux :

– Là ! toujours !

– J'avais cru l'entendre !

Et Antipas, quand il eut respiré largement, s'informa de Iaokanann, le même que les Latins appellent saint Jean-Baptiste. Avait-on revu ces deux hommes, admis par indulgence, l'autre mois, dans son cachot, et savait-on, depuis lors, ce qu'ils étaient venus faire ?

Mannaëi répliqua :

– Ils ont échangé avec lui des paroles mystérieuses, comme les voleurs, le soir, aux carrefours des routes. Ensuite, ils sont partis vers la Haute-Galilée, en annonçant qu'ils apporteraient une grande nouvelle.

Antipas baissa la tête ; puis d'un air d'épouvante :

– Garde-le ! garde-le ! Et ne laisse entrer personne ! Ferme bien la porte ! Couvre la fosse ! On ne doit pas même soupçonner qu'il vit !

Sans avoir reçu ces ordres, Mannaëi les accomplissait ; car Iaokanann était Juif, et il exécrait les Juifs comme tous les Samaritains.

Leur temple de Garizim, désigné par Moïse pour être le centre d'Israël, n'existait plus depuis le roi Hyrcan, et celui de Jérusalem les mettait dans la fureur d'un outrage, et d'une injustice permanente. Mannaëi s'y était introduit, afin d'en souiller l'autel avec des os de morts. Ses compagnons, moins rapides, avaient été décapités.

Il l'aperçut dans l'écartement de deux collines. Le soleil faisait resplendir ses murailles de marbre blanc et les lames d'or de sa toiture. C'était comme une montagne lumineuse, quelque chose de surhumain, écrasant tout de son opulence et de son orgueil.

Alors il étendit les bras du côté de Sion ; et, la taille droite, le visage en arrière, les poings fermés, lui jeta un anathème, croyant que les mots avaient un pouvoir effectif.

Antipas écoutait sans paraître scandalisé.

Le Samaritain dit encore :

– Par moments il s'agite, il voudrait fuir, il espère une délivrance. D'autres fois, il a l'air tranquille d'une bête malade ; ou bien je le vois qui marche dans les ténèbres, en répétant : « Qu'importe ! Pour qu'il grandisse, il faut que je diminue ! »

Antipas et Mannaëi se regardèrent. Mais le Tétrarque était las de réfléchir.

Tous ces monts autour de lui, comme des étages de grands flots pétrifiés, les gouffres noirs sur le flanc des falaises, l'immensité du ciel bleu, l'éclat violent du jour, la profondeur des abîmes le troublaient ; et une désolation l'envahissait au spectacle du désert, qui figure, dans le bouleversement de ses terrains, des amphithéâtres et des palais abattus. Le vent chaud apportait, avec l'odeur du soufre, comme l'exhalaison des villes maudites, ensevelies plus bas que le rivage sous les eaux pesantes. Ces marques d'une colère immortelle effrayaient sa pensée ; et il restait les deux coudes sur la balustrade, les yeux fixes et les tempes dans les mains. Quelqu'un l'avait touché. Il se retourna. Hérodias était devant lui.

Une simarre de pourpre légère l'enveloppait jusqu'aux sandales. Sortie précipitamment de sa chambre, elle n'avait ni colliers ni pendants d'oreilles ; une tresse de ses cheveux noirs lui tombait sur un bras, et s'enfonçait, par le bout, dans l'intervalle de ses deux seins. Ses narines, trop remontées, palpitaient ; la joie d'un triomphe éclairait sa figure ; et, d'une voix forte, secouant le Tétrarque :

– César nous aime ! Agrippa est en prison !

– Qui te l'a dit ?

– Je le sais !

Elle ajouta :

– C'est pour avoir souhaité l'empire à Caïus !

Tout en vivant de leurs aumônes, il avait brigué le titre de roi, qu'ils ambitionnaient comme lui. Mais dans l'avenir plus de craintes !

– Les cachots de Tibère s'ouvrent difficilement, et quelquefois l'existence n'y est pas sûre !

Antipas la comprit ; et, bien qu'elle fût la sœur d'Agrippa, son intention atroce lui sembla justifiée. Ces meurtres étaient une conséquence des choses, une fatalité des maisons royales. Dans celle d'Hérode, on ne les comptait plus.

Puis elle étala son entreprise : les clients achetés, les lettres découvertes, des espions à toutes les portes, et comment elle était parvenue à séduire Eutychès le dénonciateur.

– Rien ne me coûtait ! Pour toi, n'ai-je pas fait plus ?... J'ai abandonné ma fille !

Après son divorce, elle avait laissé dans Rome cette enfant, espérant bien en avoir d'autres du Tétrarque. Jamais elle n'en parlait. Il se demanda pourquoi son accès de tendresse.

On avait déplié le vélarium et apporté vivement de larges coussins auprès d'eux. Hérodias s'y affaissa, et pleurait, en tournant le dos. Puis elle se passa la main sur les paupières, dit qu'elle n'y voulait plus songer, qu'elle se trouvait heureuse ; et elle lui rappela leurs causeries là-bas, dans l'atrium, les rencontres aux étuves, leurs promenades le long de la voie Sacrée, et les soirs, dans les grandes villas, au murmure des jets d'eau, sous des arcs de fleurs, devant la campagne romaine. Elle le regardait comme autrefois, en se frôlant contre sa poitrine, avec des gestes câlins. – Il la repoussa. L'amour qu'elle tâchait de ranimer était si loin, maintenant ! Et tous ses malheurs en découlaient ; car, depuis douze ans bientôt, la guerre continuait. Elle avait vieilli le Tétrarque. Ses épaules se voûtaient dans une toge sombre, à bordure violette ; ses cheveux blancs se mêlaient à sa barbe, et le soleil, qui traversait la voile, baignait de lumière son front chagrin. Celui d'Hérodias également avait des plis ; et, l'un en face de l'autre, ils se considéraient d'une manière farouche.

Les chemins dans la montagne commencèrent à se peupler. Des pasteurs piquaient des bœufs, des enfants tiraient des ânes, des palefreniers conduisaient des chevaux. Ceux qui descendaient les hauteurs au delà de Machærous disparaissaient derrière le château ; d'autres montaient le ravin en face, et, parvenus à la ville, déchargeaient leurs bagages dans les cours. C'étaient les pourvoyeurs du Tétrarque, et des valets, précédant ses convives.

Mais au fond de la terrasse, à gauche, un Essénien parut, en robe blanche, nu-pieds, l'air stoïque. Mannaëi, du côté droit, se précipitait en levant son coutelas.

Hérodias lui cria :

– Tue-le !

– Arrête ! dit le Tétrarque.

Il devint immobile ; l'autre aussi.

Puis ils se retirèrent, chacun par un escalier différent, à reculons, sans se perdre des yeux.

– Je le connais, dit Hérodias, il se nomme Phanuel, et cherche à voir Iaokanann, puisque tu as l'aveuglement de le conserver !

Antipas objecta qu'il pouvait un jour servir. Ses attaques contre Jérusalem gagnaient à eux le reste des Juifs.

– Non ! reprit-elle, ils acceptent tous les maîtres, et ne sont pas capables de faire une patrie.
Quant à celui qui remuait le peuple avec des espérances conservées depuis Néhémias, la meilleure politique était de le supprimer.

Rien ne pressait, selon le Tétrarque. Iaokanann dangereux ! Allons donc ! Il affectait d'en rire.

– Tais-toi !

Et elle redit son humiliation, un jour qu'elle allait vers Galaad, pour la récolte du baume.

– Des gens, au bord du fleuve, remettaient leurs habits. Sur un monticule, à côté, un homme parlait. Il avait une peau de chameau autour des reins, et sa tête ressemblait à celle d'un lion. Dès qu'il m'aperçut, il cracha sur moi toutes les malédictions des prophètes. Ses prunelles flamboyaient, sa voix rugissait ; il levait les bras, comme pour arracher le tonnerre. Impossible de fuir ! les roues de mon char avaient du sable jusqu'aux essieux ; et je m'éloignais lentement, m'abritant sous mon manteau, glacée par ces injures qui tombaient comme une pluie d'orage.

Iaokanann l'empêchait de vivre. Quand on l'avait pris et lié avec des cordes, les soldats devaient le poignarder s'il résistait ; il s'était montré doux. On avait mis des serpents dans sa prison ; ils étaient morts.

L'inanité de ces embûches exaspérait Hérodias. D'ailleurs, pourquoi sa guerre contre elle ? Quel intérêt le poussait ? Ses discours, criés à des foules, s'étaient répandus, circulaient ; elle les entendait partout, ils emplissaient l'air. Contre des légions, elle aurait eu de la bravoure. Mais cette force plus pernicieuse que les glaives, et qu'on ne pouvait saisir, était stupéfiante ; et elle parcourait la terrasse, blêmie par sa colère, manquant de mots pour exprimer ce qui l'étouffait.

Elle songeait aussi que le Tétrarque, cédant à l'opinion, s'aviserait peut-être de la répudier. Alors tout serait perdu ! Depuis son enfance, elle nourrissait le rêve d'un grand empire. C'était pour y atteindre que, délaissant son premier époux, elle s'était jointe à celui-là, qui l'avait dupée, pensait-elle.

– J'ai pris un bon soutien, en entrant dans ta famille !

– Elle vaut la tienne ! dit simplement le Tétrarque.

Hérodias sentit bouillonner dans ses veines le sang des prêtres et des rois ses aïeux.

– Mais ton grand-père balayait le temple d'Ascalon ! Les autres étaient bergers, bandits, conducteurs de caravanes, une horde, tributaire de Juda depuis le roi David ! Tous mes ancêtres ont battu les tiens ! Le premier des Makkabi vous a chassés d'Hébron, Hyrcan forcés à vous circoncire !

Et, exhalant le mépris de la patricienne pour le plébéien, la haine de Jacob contre Édom, elle lui reprocha son indifférence aux outrages, sa mollesse envers les Pharisiens qui le trahissaient, sa lâcheté pour le peuple qui la détestait.

– Tu es comme lui, avoue-le ! et tu regrettes la fille arabe qui danse autour des pierres. Reprends-la ! Va-t'en vivre avec elle, dans sa maison de toile ! dévore son pain cuit sous la cendre ! avale le lait caillé de ses brebis ! baise ses joues bleues ! et oublie-moi !

Le Tétrarque n'écoutait plus. Il regardait la plate-forme d'une maison, où il y avait une jeune fille, et une vieille femme tenant un parasol à manche de roseau, long comme la ligne d'un pêcheur. Au milieu du tapis, un grand panier de voyage restait ouvert. Des ceintures, des voiles, des pendeloques d'orfèvrerie en débordaient confusément. La jeune fille, par intervalles, se penchait vers ces choses, et les secouait à l'air. Elle était vêtue comme les Romaines, d'une tunique calamistrée avec un péplum à glands d'émeraude ; et des lanières bleues enfermaient sa chevelure, trop lourde, sans doute, car, de temps à autre, elle y portait la main. L'ombre du parasol se promenait au-dessus d'elle, en la cachant à demi. Antipas aperçut deux ou trois fois son col délicat, l'angle d'un œil, le coin d'une petite bouche. Mais il voyait, des hanches à la nuque, toute sa taille qui s'inclinait pour se redresser d'une manière élastique. Il épiait le retour de ce mouvement, et sa respiration devenait plus forte ; des flammes s'allumaient dans ses yeux. Hérodias l'observait.

Il demanda :

– Qui est-ce ?

Elle répondit n'en rien savoir, et s'en alla soudainement apaisée.

Le Tétrarque était attendu sous les portiques par des Galiléens, le maître des écritures, le chef des pâturages, l'administrateur des salines et un Juif de Babylone, commandant ses cavaliers. Tous le saluèrent d'une acclamation. Puis, il disparut vers les chambres intérieures.

Phanuel surgit à l'angle d'un couloir.

– Ah ! encore ? Tu viens pour Iaokanann, sans doute ?

– Et pour toi ! j'ai à t'apprendre une chose considérable.

Et, sans quitter Antipas, il pénétra, derrière lui, dans un appartement obscur.

Le jour tombait par un grillage, se développant tout du long sous la corniche. Les murailles étaient peintes d'une couleur grenat, presque noir. Dans le fond, s'étalait un lit d'ébène, avec des sangles en peau de bœuf. Un bouclier d'or, au-dessus, luisait comme un soleil.

Antipas traversa toute la salle, se coucha sur le lit.

Phanuel était debout. Il leva son bras, et dans une attitude inspirée :

– Le Très-Haut envoie par moment un de ses fils. Iaokanann en est un.

Si tu l'opprimes, tu seras châtié.

– C'est lui qui me persécute ! s'écria Antipas. Il a voulu de moi une action impossible. Depuis ce temps-là il me déchire. Et je n'étais pas dur, au commencement ! Il a même dépêché de Machærous des hommes qui bouleversent mes provinces. Malheur à sa vie ! Puisqu'il m'attaque, je me défends !

– Ses colères ont trop de violence, répliqua Phanuel. N'importe ! il faut le délivrer.

– On ne relâche pas les bêtes furieuses ! dit le Tétrarque.

L'Essénien répondit :

– Ne t'inquiète plus ! Il ira chez les Arabes, les Gaulois, les Scythes. Son œuvre doit s'étendre jusqu'au bout de la terre !

Antipas semblait perdu dans une vision.

– Sa puissance est forte !… Malgré moi, je l'aime !

– Alors, qu'il soit libre !

Le Tétrarque hocha la tête. Il craignait Hérodias, Mannaeï, et l'inconnu.

Phanuel tâcha de le persuader, en alléguant, pour garantie de ses projets, la soumission des Esséniens aux rois. On respectait ces hommes pauvres, indomptables par les supplices, vêtus de lin, et qui lisaient l'avenir dans les étoiles.

Antipas se rappela un mot de lui, tout à l'heure.

– Quelle est cette chose, que tu m'annonçais comme importante ?

Un nègre survint. Son corps était blanc de poussière. Il râlait et ne put que dire :

– Vitellius !

– Comment ? il arrive ?

– Je l'ai vu. Avant trois heures, il est ici.

Les portières des corridors furent agitées comme par le vent. Une rumeur emplit le château, un vacarme de gens qui couraient, de meubles qu'on traînait, d'argenteries s'écroulant ; et, du haut des tours, des buccins sonnaient, pour avertir les esclaves dispersés.

II

Les remparts étaient couverts de monde quand Vitellius entra dans la cour. Il s'appuyait sur le bras de son interprète, suivi d'une grande litière rouge ornée de panaches et de miroirs, ayant la toge, le laticlave, les brodequins d'un consul et des licteurs autour de sa personne.

Ils plantèrent contre la porte leurs douze faisceaux, des baguettes reliées par une courroie avec une hache dans le milieu. Alors, tous frémirent devant la majesté du peuple romain.

La litière, que huit hommes manœuvraient, s'arrêta. Il en sortit un adolescent, le ventre gros, la face bourgeonnée, des perles le long des doigts. On lui offrit une coupe pleine de vin et d'aromates. Il la but, et en réclama une seconde.

Le Tétrarque était tombé aux genoux du Proconsul, chagrin, disait-il, de n'avoir pas connu plus tôt la faveur de sa présence. Autrement, il eût ordonné sur les routes tout ce qu'il fallait pour les Vitellius. Ils descendaient de la déesse Vitellia. Une voie, menant du Janicule à la mer, portait encore leur nom. Les questures, les consulats étaient innombrables dans la famille ; et quant à Lucius, maintenant son hôte, on devait le remercier, comme vainqueur des Clites et père de ce jeune Aulus, qui semblait revenir dans son domaine, puisque l'Orient était la patrie des dieux. Ces hyperboles furent exprimées en latin. Vitellius les accepta impassiblement.

Il répondit que le grand Hérode suffisait à la gloire d'une nation. Les Athéniens lui avaient donné la surintendance des jeux Olympiques. Il avait bâti des temples en l'honneur d'Auguste, été patient, ingénieux, terrible, et fidèle toujours aux Césars.

Entre les colonnes à chapiteaux d'airain, on aperçut Hérodias qui s'avançait d'un air d'impératrice, au milieu de femmes et d'eunuques tenant sur des plateaux de vermeil des parfums allumés.

Le Proconsul fit trois pas à sa rencontre ; et, l'ayant saluée d'une inclinaison de tête :

– Quel bonheur ! s'écria-t-elle, que désormais Agrippa, l'ennemi de Tibère, fût dans l'impossibilité de nuire !

Il ignorait l'événement, elle lui parut dangereuse ; et comme Antipas jurait qu'il ferait tout pour l'Empereur, Vitellius ajouta :

– Même au détriment des autres ?

Il avait tiré des otages du roi des Parthes, et l'Empereur n'y songeait plus ; car Antipas, présent à la conférence, pour se faire valoir, en avait tout de suite expédié la nouvelle. De là, une haine profonde, et les retards à fournir des secours.

Le Tétrarque balbutia. Mais Aulus dit en riant :

– Calme-toi, je te protège !

Le Proconsul feignit de n'avoir pas entendu. La fortune du père dépendait de la souillure du fils ; et cette fleur des fanges de Caprée lui procurait des bénéfices tellement considérables, qu'il l'entourait d'égards, tout en se méfiant, parce qu'elle était vénéneuse.

Un tumulte s'éleva sous la porte. On introduisait une file de mules blanches, montées par des personnages en costume de prêtres. C'étaient des Sadducéens et des Pharisiens, que la même ambition poussait à Machærous, les premiers voulant obtenir la sacrificature, et les autres la conserver. Leurs visages étaient sombres, ceux des Pharisiens surtout, ennemis de Rome et du Tétrarque. Les pans de leur tunique les embarrassaient dans la cohue ; et leur tiare chancelait à leur front par-dessus des bandelettes de parchemin, où des écritures étaient tracées.

Presque en même temps, arrivèrent des soldats de l'avant-garde. Ils avaient mis leurs boucliers dans des sacs, par précaution contre la poussière ; et derrière eux était Marcellus, lieutenant du Pro-consul, avec des publicains, serrant sous leurs aisselles des tablettes de bois.

Antipas nomma les principaux de son entourage : Tolmaï, Kanthera, Séhon, Ammonius d'Alexandrie, qui lui achetait de l'asphalte, Naâmann, capitaine de ses vélites, Iaçim le Babylonien.

Vitellius avait remarqué Mannaeï.

– Celui-là, qu'est-ce donc ?

Le Tétrarque fit comprendre d'un geste, que c'était le bourreau.

Puis, il présenta les Sadducéens.

Jonathas, un petit homme libre d'allures et parlant grec, supplia le maître de les honorer d'une visite à Jérusalem. Il s'y rendrait probablement.

Éléazar, le nez crochu et la barbe longue, réclama pour les Pharisiens le manteau du grand prêtre détenu dans la tour Antonia par l'autorité civile.

Ensuite, les Galiléens dénoncèrent Ponce-Pilate. À l'occasion d'un fou qui cherchait les vases d'or de David dans une caverne, près de Samarie, il avait tué des habitants ; et tous parlaient à la fois, Mannaeï plus violemment que les autres. Vitellius affirma que les criminels seraient punis.

Des vociférations éclatèrent en face d'un portique, où les soldat savaient suspendu leurs boucliers. Les housses étant défaites, on voyait sur les umbo la figure de César. C'était pour les Juifs une idolâtrie. Antipas les harangua, pendant que Vitellius, dans la colonnade, sur un siège élevé, s'étonnait de leur fureur. Tibère avait eu raison d'en exiler quatre cents en Sardaigne. Mais chez eux ils étaient forts ; et il commanda de retirer les boucliers.

Alors, ils entourèrent le Proconsul, en implorant des réparations d'injustices, des privilèges, des aumônes. Les vêtements étaient déchirés, on s'écrasait ; et, pour faire de la place, des esclaves avec des bâtons frappaient de droite et de gauche. Les plus voisins de la porte descendirent sur le sentier, d'autres le montaient ; ils refluèrent ; deux courants se croisaient dans cette masse d'hommes qui oscillait, comprimée par l'enceinte des murs.

Vitellius demanda pourquoi tant de monde. Antipas en dit la cause : le festin de son anniversaire ; et il montra plusieurs de ses gens, qui, penchés sur les créneaux, halaient d'immenses corbeilles de viandes, de fruits, de légumes, des antilopes et des cigognes, de larges poissons couleur d'azur, des raisins, des pastèques, des grenades élevées en pyramides. Aulus n'y tint pas. Il se précipita vers les cuisines, emporté par cette goinfrerie qui devait surprendre l'univers.

En passant près d'un caveau, il aperçut des marmites pareilles à des cuirasses. Vitellius vint les regarder ; et exigea qu'on lui ouvrît les chambres souterraines de la forteresse.

Elles étaient taillées dans le roc en hautes voûtes, avec des piliers de distance en distance. La première contenait de vieilles armures ; mais la seconde regorgeait de piques, et qui allongeaient toutes leurs pointes, émergeant d'un bouquet de plumes. La troisième semblait tapissée en nattes de roseaux, tant les flèches minces étaient perpendiculairement les unes à côté des autres. Des lames de cimeterres couvraient les parois de la quatrième. Au milieu de la cinquième, des rangs de casques faisaient, avec leurs crêtes, comme un bataillon de serpents rouges. On ne voyait dans la sixième que des carquois ; dans la septième, que des cnémides ; dans la huitième, que des brassards ; dans les suivantes, des fourches, des grappins, des échelles, des cordages, jusqu'à des mâts pour les catapultes, jusqu'à des grelots pour le poitrail des dromadaires ! et comme la montagne allait en s'élargissant vers sa base, évidée à l'intérieur telle qu'une ruche d'abeilles, au-dessous de ces chambres il y en avait de plus nombreuses, et d'encore plus profondes.

Vitellius, Phinées son interprète, et Sisenna le chef des publicains, les parcouraient à la lumière des flambeaux, que portaient trois eunuques.

On distinguait dans l'ombre des choses hideuses inventées par les barbares : casse-têtes garnis de clous, javelots empoisonnant les blessures, tenailles qui ressemblaient à des mâchoires de crocodiles ; enfin le Tétrarque possédait dans Machærous des munitions de guerre pour quarante mille hommes.

Il les avait rassemblées en prévision d'une alliance de ses ennemis. Mais le Proconsul pouvait croire, ou dire, que c'était pour combattre les Romains, et il cherchait des explications.

Elles n'étaient pas à lui ; beaucoup servaient à le défendre des brigands ; d'ailleurs il en fallait contre les Arabes ; ou bien, tout cela avait appartenu à son père. Et, au lieu de marcher derrière le Proconsul, il allait devant, à pas rapides. Puis il se rangea le long du mur, qu'il masquait de sa toge, avec ses deux coudes écartés ; mais le haut d'une porte dépassait sa tête. Vitellius la remarqua et voulut savoir ce qu'elle enfermait.

Le Babylonien pouvait seul l'ouvrir.

– Appelle le Babylonien !

On l'attendit.

Son père était venu des bords de l'Euphrate s'offrir au grand Hérode, avec cinq cents cavaliers, pour défendre les frontières orientales. Après le partage du royaume, Iaçim était demeuré chez Philippe, et maintenant servait Antipas.

Il se présenta, un arc sur l'épaule, un fouet à la main. Des cordons multicolores serraient étroitement ses jambes torses. Ses gros bras sortaient d'une tunique sans manches, et un bonnet de fourrure ombrageait sa mine dont la barbe était frisée en anneaux.

D'abord, il eut l'air de ne pas comprendre l'interprète. Mais Vitellius lança un coup d'œil à Antipas, qui répéta tout de suite son commandement. Alors Iaçim appliqua ses deux mains contre la porte. Elle glissa dans le mur.

Un souffle d'air chaud s'exhala des ténèbres. Une allée descendait en tournant ; ils la prirent et arrivèrent au seuil d'une grotte, plus étendue que les autres souterrains.

Une arcade s'ouvrait au fond sur le précipice, qui de ce côté-là défendait la citadelle. Un chèvrefeuille, se cramponnant à la voûte, laissait retomber ses fleurs en pleine lumière. À ras du sol, un filet d'eau murmurait.

Des chevaux blancs étaient là, une centaine peut-être, et qui mangeaient de l'orge sur une planche au niveau de leur bouche. Ils avaient tous la crinière peinte en bleu, les sabots dans des mitaines de sparterie, et les poils d'entre les oreilles bouffant sur le frontal, comme une perruque. Avec leur queue très longue, ils se battaient mollement les jarrets. Le Proconsul en resta muet d'admiration.

C'étaient de merveilleuses bêtes, souples comme des serpents, légères comme des oiseaux. Elles partaient avec la flèche du cavalier, renversaient les hommes en les mordant au ventre, se tiraient de l'embarras des rochers, sautaient par-dessus des abîmes, et pendant tout un jour continuaient dans les plaines leur galop frénétique ; un mot les arrêtait. Dès que Iaçim entra, elles vinrent à lui, comme des moutons quand paraît le berger ; et avançant leur encolure, elles le regardaient inquiètes avec leurs yeux d'enfant. Par habitude, il lança du fond de sa gorge un cri rauque qui les mit en gaieté ; et elles se cabraient, affamées d'espace, demandant à courir.

Antipas, de peur que Vitellius ne les enlevât, les avait emprisonnées dans cet endroit, spécial pour les animaux, en cas de siège.

– L'écurie est mauvaise, dit le Proconsul, et tu risques de les perdre ! Fais l'inventaire, Sisenna !

Le publicain retira une tablette de sa ceinture ; compta les chevaux et les inscrivit.

Les agents des compagnies fiscales corrompaient les gouverneurs, pour piller les provinces. Celui-là flairait partout, avec sa mâchoire de fouine et ses paupières clignotantes.

Enfin, on remonta dans la cour.

Des rondelles de bronze au milieu des pavés, çà et là, couvraient les citernes. Il en observa une plus grande que les autres, et qui n'avait pas sous les talons leur sonorité. Il les frappa toutes alternativement, puis hurla en piétinant :

– Je l'ai ! je l'ai ! C'est ici le trésor d'Hérode !

La recherche de ses trésors était une folie des Romains.

Ils n'existaient pas, jura le Tétrarque.

Cependant, qu'y avait-il là-dessous !

– Rien ! un homme, un prisonnier.

– Montre-le ! dit Vitellius.

Le Tétrarque n'obéit pas ; les Juifs auraient connu son secret. Sa répugnance à ouvrir la rondelle impatientait Vitellius.

– Enfoncez-la ! cria-t-il aux licteurs.

Mannaeï avait deviné ce qui les occupait. Il crut en voyant une hache, qu'on allait décapiter Iaokanann ; et il arrêta le licteur au premier coup sur la plaque, insinua entre elle et les pavés une manière de crochet, puis, roidissant ses longs bras maigres, la souleva doucement, elle s'abattit ; tous admirèrent la force de ce vieillard. Sous le couvercle doublé de bois, s'étendait une trappe de même dimension. D'un coup de poing, elle se replia en deux panneaux ; on vit alors un trou, une fosse énorme que contournait un escalier sans rampe ; et ceux qui se penchèrent sur le bord aperçurent au fond quelque chose de vague et d'effrayant.

Un être humain était couché par terre, sous de longs cheveux se confondant avec les poils de bête qui garnissaient son dos. Il se leva. Son front touchait à une grille horizontalement scellée ; et, de temps à autre, il disparaissait dans les profondeurs de son antre.

Le soleil faisait briller la pointe des tiares, le pommeau des glaives, chauffait à outrance les dalles ; et des colombes, s'envolant des frises, tournoyaient au-dessus de la cour. C'était l'heure où Mannaeï, ordinairement, leur jetait du grain. Il se tenait accroupi devant le Tétrarque, qui était debout près de Vitellius. Les Galiléens, les prêtres, les soldats, formaient un cercle par derrière ; tous se taisaient, dans l'angoisse de ce qui allait arriver.

Ce fut d'abord un grand soupir, poussé d'une voix caverneuse.

Hérodias l'entendit à l'autre bout du palais. Vaincue par une fascination, elle traversa la foule ; et elle écoutait, une main sur l'épaule de Mannaeï, le corps incliné.

La voix s'éleva :

– Malheur à vous, Pharisiens et Sadducéens, race de vipères, outres gonflées, cymbales retentissantes !

On avait reconnu Iaokanann. Son nom circulait. D'autres accoururent.

– Malheur à toi, ô peuple ! et aux traîtres de Juda, aux ivrognes d'Éphraïm, à ceux qui habitent la vallée grasse, et que les vapeurs du vin font chanceler !

Qu'ils se dissipent comme l'eau qui s'écoule, comme la limace qui se fond en marchant, comme l'avorton d'une femme qui ne voit pas le soleil.

Il faudra, Moab, te réfugier dans les cyprès comme les passereaux, dans les cavernes comme les gerboises. Les portes des forteresses seront plus vite brisées que des écailles de noix, les murs crouleront, les villes brûleront ; et le fléau de l'Éternel ne s'arrêtera pas. Il retournera vos membres dans votre sang, comme de la laine dans la cuve d'un teinturier. Il vous déchirera comme une herse neuve ; il répandra sur les montagnes tous les morceaux de votre chair !

De quel conquérant parlait-il ! Était-ce de Vitellius ? Les Romains seuls pouvaient produire cette extermination. Des plaintes s'échappaient :

– Assez ! assez ! qu'il finisse !

Il continua, plus haut :

– Auprès du cadavre de leurs mères, les petits enfants se traîneront sur les cendres. On ira, la nuit, chercher son pain à travers les décombres, au hasard des épées. Les chacals s'arracheront des ossements sur les places publiques, où le soir les vieillards causaient. Tes vierges, en avalant leurs pleurs, joueront de la cithare dans les festins de l'étranger, et tes fils les plus braves baisseront leur échine, écorchée par des fardeaux trop lourds !

Le peuple revoyait les jours de son exil, toutes les catastrophes de son histoire. C'étaient les paroles des anciens prophètes. Iaokanann les envoyait, comme de grands coups, l'une après l'autre.

Mais la voix se fit douce, harmonieuse, chantante. Il annonçait un affranchissement, des splendeurs au ciel, le nouveau-né un bras dans la caverne du dragon, l'or à la place de l'argile, le désert s'épanouissant comme une rose :

– Ce qui maintenant vaut soixante kiccars ne coûtera pas une obole. Des fontaines de lait jailliront des rochers ; on s'endormira dans les pressoirs le ventre plein ! Quand viendras-tu, toi que j'espère ? D'avance, tous les peuples s'agenouillent, et ta domination sera éternelle, fils de David !

Le Tétrarque se rejeta en arrière, l'existence d'un fils de David l'outrageant comme une menace.

Iaokanann l'invectiva pour sa royauté.

– Il n'y a pas d'autre roi que l'Éternel ! et pour ses jardins, pour ses statues, pour ses meubles d'ivoire, comme l'impie Achab !

Antipas brisa la cordelette du cachet suspendu à sa poitrine, et le lança dans la fosse, en lui commandant de se taire.

La voix répondit :

– Je crierai comme un ours, comme un âne sauvage, comme une femme qui enfante !

Le châtiment est déjà dans ton inceste, Dieu t'afflige de la stérilité du mulet !

Et des rires s'élevèrent, pareils au clapotement des flots.

Vitellius s'obstinait à rester. L'interprète, d'un ton impassible, redisait, dans la langue des Romains, toutes les injures que Iaokanann rugissait dans la sienne. Le Tétrarque et Hérodias étaient forcés de les subir deux fois. Il haletait, pendant qu'elle observait béante le fond du puits.

L'homme effroyable se renversa la tête ; et, empoignant les barreaux, y colla son visage, qui avait l'air d'une broussaille, où étincelaient deux charbons :

– Ah ! c'est toi, Iézabel !

Tu as pris son cœur avec le craquement de ta chaussure. Tu hennissais comme une cavale. Tu as dressé ta couche sur les monts, pour accomplir tes sacrifices !

Le Seigneur arrachera tes pendants d'oreilles, tes robes de pourpre, tes voiles de lin, les anneaux de tes bras, les bagues de tes pieds, et les petits croissants d'or qui tremblent sur ton front, tes miroirs d'argent, tes éventails en plumes d'autruche, les patins de nacre qui haussent ta taille, l'orgueil de tes diamants, les senteurs de tes cheveux, la peinture de tes ongles, tous les artifices de ta mollesse ; et les cailloux manqueront pour lapider l'adultère !

Elle chercha du regard une défense autour d'elle. Les Pharisiens baissaient hypocritement leurs yeux. Les Sadducéens tournaient la tête, craignant d'offenser le Proconsul. Antipas paraissait mourir.

La voix grossissait, se développait, roulait avec des déchirements de tonnerre, et, l'écho dans la montagne la répétant, elle foudroyait Machærous d'éclats multipliés.

– Étale-toi dans la poussière, fille de Babylone ! Fais moudre la farine ! Ôte ta ceinture, détache ton soulier, trousse-toi, passe les fleuves ! ta honte sera découverte, ton opprobre sera vu ! tes sanglots te briseront les dents ! L'Éternel exècre la puanteur de tes crimes ! Maudite ! maudite ! Crève comme une chienne !

La trappe se ferma, le couvercle se rabattit. Mannaëi voulait étrangler

Iaokanann.

Hérodias disparut. Les Pharisiens étaient scandalisés. Antipas, au milieu d'eux, se justifiait.

– Sans doute, reprit Éléazar, il faut épouser la femme de son frère, mais Hérodias n'était pas veuve, et de plus elle avait un enfant, ce qui constituait l'abomination.

– Erreur ! erreur ! objecta le Sadducéen Jonathas. La Loi condamne ces mariages, sans les proscrire absolument.

– N'importe ! On est pour moi bien injuste ! disait Antipas, car, enfin, Absalon a couché avec les femmes de son père, Juda avec sa bru, Ammon avec sa sœur, Lot avec ses filles.

Aulus, qui venait de dormir, reparut à ce moment-là. Quand il fut instruit de l'affaire, il approuva le Tétrarque. On ne devait point se gêner pour de pareilles sottises ; et il riait beaucoup du blâme des prêtres, et de la fureur de Iaokanann.

Hérodias, au milieu du perron, se retourna vers lui.

– Tu as tort, mon maître ! Il ordonne au peuple de refuser l'impôt.

– Est-ce vrai ? demanda tout de suite le publicain.

Les réponses furent généralement affirmatives. Le Tétrarque les renforçait.

Vitellius songea que le prisonnier pouvait s'enfuir ; et comme la conduite d'Antipas lui semblait douteuse, il établit des sentinelles aux portes, le long des murs et dans la cour.

Ensuite, il alla vers son appartement. Les députations des prêtres l'accompagnèrent.

Sans aborder la question de la sacrificature, chacune émettait ses griefs.

Tous l'obsédaient. Il les congédia.

Jonathas le quittait, quand il aperçut, dans un créneau, Antipas causant avec un homme à longs cheveux et en robe blanche, un Essénien ; et il regretta de l'avoir soutenu.

Une réflexion avait consolé le Tétrarque. Iaokanann ne dépendait plus de lui ; les Romains s'en chargeaient. Quel soulagement ! Phanuel se promenait alors sur le chemin de ronde.

Il l'appela, et, désignant les soldats :

– Ils sont les plus forts ! je ne peux le délivrer ! ce n'est pas ma faute !

La cour était vide. Les esclaves se reposaient. Sur la rougeur du ciel, qui enflammait l'horizon, les moindres objets perpendiculaires se détachaient en noir. Antipas distingua les salines à l'autre bout de la mer Morte, et ne voyait plus les tentes des Arabes. Sans doute ils étaient partis ? La lune se levait ; un apaisement descendait dans son cœur.

Phanuel, accablé, restait le menton sur la poitrine.

Enfin, il révéla ce qu'il avait à dire.

Depuis le commencement du mois, il étudiait le ciel avant l'aube, la constellation de Persée se trouvant au zénith. Agalah se montrait à peine, Algol brillait moins, Mira-Cœti avait disparu ; d'où il augurait la mort d'un homme considérable, cette nuit même, dans Machærous.

Lequel ? Vitellius était trop bien entouré. On n'exécuterait pas Iaokanann. « C'est donc moi ! » pensa le Tétrarque.

Peut-être que les Arabes allaient revenir ? Le Proconsul découvrirait ses relations avec les Parthes ! Des sicaires de Jérusalem escortaient les prêtres ; ils avaient sous leurs vêtements des poignards ; et le Tétrarque ne doutait pas de la science de Phanuel.

Il eut l'idée de recourir à Hérodias. Il la haïssait pourtant. Mais elle lui donnerait du courage ; et tous les liens n'étaient pas rompus de l'ensorcellement qu'il avait autrefois subi.

Quand il entra dans sa chambre, du cinnamome fumait sur une vasque de porphyre ; et des poudres, des onguents, des étoffes pareilles à des nuages, des broderies plus légères que des plumes, étaient dispersées.

Il ne dit pas la prédiction de Phanuel, ni sa peur des Juifs et des Arabes ; elle l'eût accusé d'être lâche. Il parla seulement des Romains ; Vitellius ne lui avait rien confié de ses projets militaires. Il le supposait ami de Caïus, que fréquentait Agrippa ; et il serait envoyé en exil, ou peut-être on l'égorgerait.

Hérodias, avec une indulgence dédaigneuse, tâcha de le rassurer. Enfin, elle tira d'un petit coffre une médaille bizarre, ornée du profil de Tibère. Cela suffisait à faire pâlir les licteurs et fondre les accusations.

Antipas, ému de reconnaissance, lui demanda comment elle l'avait.

– On me l'a donnée, reprit-elle.

Sous une portière en face, un bras nu s'avança, un bras jeune, charmant et comme tourné dans l'ivoire par Polyclète. D'une façon un peu gauche, et cependant gracieuse, il ramait dans l'air, pour saisir une tunique oubliée sur une escabelle près de la muraille.

Une vieille femme la passa doucement, en écartant le rideau.

Le Tétrarque eut un souvenir, qu'il ne pouvait préciser.

– Cette esclave est-elle à toi ?

– Que t'importe ? répondit Hérodias.

III

Les convives emplissaient la salle du festin.

Elle avait trois nefs, comme une basilique, et que séparaient des colonnes en bois d'algumin, avec des chapiteaux de bronze couverts de sculptures. Deux galeries à claire-voie s'appuyaient dessus ; et une troisième en filigrane d'or se bombait au fond, vis-à-vis d'un cintre énorme, qui s'ouvrait à l'autre bout.

Des candélabres, brûlant sur les tables alignées dans toute la longueur du vaisseau, faisaient des buissons de feux, entre les coupes de terre peinte et les plats de cuivre, les cubes de neige, les monceaux de raisin ; mais ces clartés rouges se perdaient progressivement, à cause de la hauteur du plafond, et des points lumineux brillaient, comme des étoiles, la nuit, à travers des branches. Par l'ouverture de la grande baie, on apercevait des flambeaux sur les terrasses des maisons ; car Antipas fêtait ses amis, son peuple, et tous ceux qui s'étaient présentés.

Des esclaves, alertes comme des chiens et les orteils dans des sandales de feutre, circulaient, en portant des plateaux.

La table proconsulaire occupait, sous la tribune dorée, une estrade en planches de sycomore. Des tapis de Babylone l'enfermaient dans une espèce de pavillon.

Trois lits d'ivoire, un en face et deux sur les flancs, contenaient Vitellius, son fils et Antipas ; le Proconsul étant près de la porte, à gauche, Aulus à droite, le Tétrarque au milieu.

Il avait un lourd manteau noir, dont la trame disparaissait sous des applications de couleur, du fard aux pommettes, la barbe en éventail, et de la poudre d'azur dans ses cheveux, serrés par un diadème de pierreries. Vitellius gardait son baudrier de pourpre, qui descendait en diagonale sur une toge de lin. Aulus s'était fait nouer dans le dos les manches de sa robe en soie violette, lamée d'argent. Les boudins de sa chevelure formaient des étages, et un collier de saphirs étincelait à sa poitrine, grasse et blanche comme celle d'une femme. Près de lui, sur une natte et jambes croisées, se tenait un enfant très beau, qui souriait toujours. Il l'avait vu dans les cuisines, ne pouvait plus s'en passer, et, ayant peine à retenir son nom chaldéen, l'appelait simplement : « l'Asiatique. » De temps à autre, il s'étalait sur le triclinium. Alors, ses pieds nus dominaient l'assemblée.

De ce côté-là, il y avait les prêtres et les officiers d'Antipas, des habitants de Jérusalem, les principaux des villes grecques ; et, sous le Proconsul : Marcellus avec les publicains, des amis du Tétrarque, les personnages de Kana, Ptolémaïde, Jéricho ; puis, pêle-mêle, des montagnards du Liban, et les vieux soldats d'Hérode : douze Thraces, un Gaulois, deux Germains, des chasseurs de gazelles, des pâtres de l'Idumée, le sultan de Palmyre, des marins d'Éziongaber. Chacun avait devant soi une galette de pâte molle, pour s'essuyer les doigts ; et les bras, s'allongeant comme des cous de vautour, prenaient des olives, des pistaches, des amandes. Toutes les figures étaient joyeuses, sous des couronnes de fleurs.

Les Pharisiens les avaient repoussées comme indécence romaine. Ils frissonnèrent quand on les aspergea de galbanum et d'encens, composition réservée aux usages du Temple.

Aulus en frotta son aisselle, et Antipas lui en promit tout un chargement, avec trois couches de ce véritable baume, qui avait fait convoiter la Palestine à Cléopâtre.

Un capitaine de sa garnison de Tibériade, survenu tout à l'heure, s'était placé derrière lui, pour l'entretenir d'événements extraordinaires. Mais son attention était partagée entre le Proconsul et ce qu'on disait aux tables voisines.

On y causait de Iaokanann et des gens de son espèce ; Simon de Gittoï lavait les péchés avec du feu. Un certain Jésus…

– Le pire de tous, s'écria Éléazar. Quel infâme bateleur !

Derrière le Tétrarque, un homme se leva, pâle comme la bordure de sa chlamyde. Il descendit l'estrade, et, interpellant les Pharisiens :

– Mensonge ! Jésus fait des miracles !

Antipas désirait en voir.

– Tu aurais dû l'amener ! Renseigne-nous !

Alors il conta que lui, Jacob, ayant une fille malade, s'était rendu à Capharnaüm, pour supplier le Maître de vouloir la guérir. Le Maître avait répondu : « Retourne chez toi, elle est guérie ! » Et il l'avait trouvée sur le seuil, étant sortie de sa couche quand le gnomon du palais marquait la troisième heure, l'instant même où il abordait Jésus.

Certainement, objectèrent les Pharisiens, il existait des pratiques, des herbes puissantes ! Ici même, à Machærous, quelquefois on trouvait le baaras qui rend invulnérable ; mais guérir sans voir ni toucher était une chose impossible, à moins que Jésus n'employât les démons.

Et les amis d'Antipas, les principaux de la Galilée, reprirent, en hochant la tête :

– Les démons, évidemment.

Jacob, debout entre leur table et celle des prêtres, se taisait d'une manière hautaine et douce.

Ils le sommaient de parler :

– Justifie son pouvoir !

Il courba les épaules, et à voix basse, lentement, comme effrayé de lui-même :

– Vous ne savez donc pas que c'est le Messie ?

Tous les prêtres se regardèrent ; et Vitellius demanda l'explication du mot. Son interprète fut une minute avant de répondre.

Ils appelaient ainsi un libérateur qui leur apporterait la jouissance de tous les biens et la domination de tous les peuples. Quelques-uns même soutenaient qu'il fallait compter sur deux. Le premier serait vaincu par Gog et Magog, des démons du Nord ; mais l'autre exterminerait le Prince du Mal, et, depuis des siècles, ils l'attendaient à chaque minute.

Les prêtres s'étant concertés, Éléazar prit la parole.

D'abord le Messie serait enfant de David, et non d'un charpentier ; il confirmerait la Loi. Ce Nazaréen l'attaquait ; et, argument plus fort, il devait être précédé de la venue d'Élie.

Jacob répliqua :

– Mais il est venu, Élie !

– Élie ! Élie ! répéta la foule, jusqu'à l'autre bout de la salle.

Tous, par l'imagination, apercevaient un vieillard sous un vol de corbeaux, la foudre allumant un autel, des pontifes idolâtres jetés aux torrents ; et les femmes, dans les tribunes, songeaient à la veuve de Sarepta.

Jacob s'épuisait à redire qu'il le connaissait ! Il l'avait vu ! et le peuple aussi !

– Son nom ?

Alors, il cria de toutes ses forces :

– Iaokanann !

Antipas se renversa comme frappé en pleine poitrine. Les Sadducéens avaient bondi sur Jacob. Éléazar pérorait, pour se faire écouter.

Quand le silence fut établi, il drapa son manteau, et comme un juge posa des questions.

– Puisque le prophète est mort…

Des murmures l'interrompirent. On croyait Élie disparu seulement.

Il s'emporta contre la foule, et, continuant son enquête :

– Tu penses qu'il est ressuscité ?

– Pourquoi pas ? dit Jacob.

Les Sadducéens haussèrent les épaules ; Jonathas, écarquillant ses petits yeux, s'efforçait de rire comme un bouffon. Rien de plus sot que la prétention du corps à la vie éternelle ; et il déclama, pour le Proconsul, ce vers d'un poëte contemporain :

Nec crescit, nec post mortem durare videtur.

Mais Aulus était penché au bord du triclinium, le front en sueur, le visage vert, les poings sur l'estomac.

Les Sadducéens feignirent un grand émoi ; – le lendemain, la sacrificature leur fut rendue ; – Antipas étalait du désespoir ; Vitellius demeurait impassible. Ses angoisses étaient pourtant violentes ; avec son fils il perdait sa fortune.

Aulus n'avait pas fini de se faire vomir, qu'il voulut remanger.

– Qu'on me donne de la râpure de marbre, du schiste de Naxos, de l'eau de mer, n'importe quoi ! Si je prenais un bain ?

Il croqua de la neige, puis, ayant balancé entre une terrine de Commagène et des merles roses, se décida pour des courges au miel. L'Asiatique le contemplait, cette faculté d'engloutissement dénotant un être prodigieux et d'une race supérieure.

On servit des rognons de taureau, des loirs, des rossignols, des hachis dans des feuilles de pampre ; et les prêtres discutaient sur la résurrection. Ammonius, élève de Philon le Platonicien, les jugeait stupides, et le disait à des Grecs qui se moquaient des oracles. Marcellus et Jacob s'étaient joints. Le premier narrait au second le bonheur qu'il avait ressenti sous le baptême de Mithra, et Jacob l'engageait à suivre Jésus. Les vins de palme et de tamaris, ceux de Safet et de Byblos, coulaient des amphores dans les cratères, des cratères dans les coupes, des coupes dans les gosiers ; on bavardait, les cœurs s'épanchaient. Iaçim, bien que Juif, ne cachait plus son adoration des planètes. Un marchand d'Aphaka ébahissait des nomades, en détaillant les merveilles du temple d'Hiérapolis ; et ils demandaient combien coûterait le pèlerinage. D'autres tenaient à leur religion natale. Un Germain presque aveugle chantait un hymne célébrant ce promontoire de la Scandinavie, où les dieux apparaissent avec les rayons de leurs figures ; et des gens de Sichem ne mangèrent pas de tourterelles, par déférence pour la colombe Azima.

Plusieurs causaient debout, au milieu de la salle ; et la vapeur des haleines avec les fumées des candélabres faisait un brouillard dans l'air. Phanuel passa le long des murs. Il venait encore d'étudier le firmament, mais n'avançait pas jusqu'au Tétrarque, redoutant les taches d'huile qui, pour les Esséniens, étaient une grande souillure.

Des coups retentirent contre la porte du château.

On savait maintenant que Iaokanann s'y trouvait détenu. Des hommes avec des torches grimpaient le sentier ; une masse noire fourmillait dans le ravin ; et ils hurlaient de temps à autre :

– Iaokanann ! Iaokanann !

– Il dérange tout ! dit Jonathas.

– On n'aura plus d'argent, s'il continue ! ajoutèrent les Pharisiens.

Et des récriminations partaient :

– Protège-nous !

– Qu'on en finisse !

– Tu abandonnes la religion !

– Impie comme les Hérode !

– Moins que vous ! répliqua Antipas. C'est mon père qui a édifié votre temple !

Alors, les Pharisiens, les fils des proscrits, les partisans des Matathias, accusèrent le Tétrarque des crimes de sa famille.

Ils avaient des crânes pointus, la barbe hérissée, des mains faibles et méchantes, ou la face camuse, de gros yeux ronds, l'air de bouledogues. Une douzaine, scribes et valets des prêtres, nourris par le rebut des holocaustes, s'élancèrent jusqu'au bas de l'estrade ; et avec des couteaux ils menaçaient Antipas, qui les haranguait, pendant que les Sadducéens le défendaient mollement. Il aperçut Mannaëi, et lui fit signe de s'en aller, Vitellius indiquant par sa contenance que ces choses ne le regardaient pas.

Les Pharisiens, restés sur leur triclinium, se mirent dans une fureur démoniaque. Ils brisèrent les plats devant eux. On leur avait servi le ragoût chéri de Mécène, de l'âne sauvage, une viande immonde.

Aulus les railla à propos de la tête d'âne, qu'ils honoraient, disait-on, et débita d'autres sarcasmes sur leur antipathie du pourceau. C'était sans doute parce que cette grosse bête avait tué leur Bacchus ; et ils aimaient trop le vin, puisqu'on avait découvert dans le Temple une vigne d'or.

Les prêtres ne comprenaient pas ses paroles. Phinées, Galiléen d'origine, refusa de les traduire. Alors sa colère fut démesurée, d'autant plus que l'Asiatique, pris de peur, avait disparu ; et le repas lui déplaisait, les mets étant vulgaires, point déguisés suffisamment ! Il se calma, en voyant des queues de brebis syriennes, qui sont des paquets de graisse.

Le caractère des Juifs semblait hideux à Vitellius. Leur dieu pouvait bien être Moloch, dont il avait rencontré des autels sur la route ; et les sacrifices d'enfants lui revinrent à l'esprit, avec l'histoire de l'homme qu'ils engraissaient mystérieusement. Son cœur de Latin était soulevé de dégoût par leur intolérance, leur rage iconoclaste, leur achoppement de brute. Le Proconsul voulait partir. Aulus s'y refusa.

La robe abaissée jusqu'aux hanches, il gisait derrière un monceau de victuailles, trop repu pour en prendre, mais s'obstinant à ne point les quitter.

L'exaltation du peuple grandit. Ils s'abandonnèrent à des projets d'indépendance. On rappelait la gloire d'Israël. Tous les conquérants avaient été châtiés : Antigone, Crassus, Varus...

– Misérables ! dit le Proconsul.

Car il entendait le syriaque ; son interprète ne servait qu'à lui donner du loisir pour répondre. Antipas, bien vite, tira la médaille de l'Empereur, et, l'observant avec tremblement, il la présentait du côté de l'image.

Les panneaux de la tribune d'or se déployèrent tout à coup ; et à la splendeur des cierges, entre ses esclaves et des festons d'anémone, Hérodias apparut, – coiffée d'une mitre assyrienne qu'une mentonnière attachait à son front ; ses cheveux en spirales s'épandaient sur un péplos d'écarlate, fendu dans la longueur des manches. Deux monstres en pierre, pareils à ceux du trésor des Atrides, se caressant contre la porte, elle ressemblait à Cybèle accotée de ses lions ; et du haut de la balustrade qui dominait Antipas, avec une patère à la main, elle cria :

– Longue vie à César !

Cet hommage fut répété par Vitellius, Antipas et les prêtres.

Mais il arriva du fond de la salle un bourdonnement de surprise et d'admiration. Une jeune fille venait d'entrer.

Sous un voile bleuâtre lui cachant la poitrine et la tête, on distinguait les arcs de ses yeux, les calcédoines de ses oreilles, la blancheur de sa peau. Un carré de soie gorge-pigeon, en couvrant les épaules, tenait aux reins par une ceinture d'orfèvrerie. Ses caleçons noirs étaient semés de mandragores, et d'une manière indolente elle faisait claquer de petites pantoufles en duvet de colibri.

Sur le haut de l'estrade, elle retira son voile. C'était Hérodias, comme autrefois dans sa jeunesse. Puis, elle se mit à danser.

Ses pieds passaient l'un devant l'autre, au rythme de la flûte et d'une paire de crotales. Ses bras arrondis appelaient quelqu'un, qui s'enfuyait toujours. Elle le poursuivait, plus légère qu'un papillon, comme une Psyché curieuse, comme une âme vagabonde, et semblait prête à s'envoler.

Les sons funèbres de la gingras remplacèrent les crotales. L'accablement avait suivi l'espoir. Ses attitudes exprimaient des soupirs, et toute sa personne une telle langueur qu'on ne savait pas si elle pleurait un dieu, ou se mourait dans sa caresse. Les paupières entre-closes, elle se tordait la taille, balançait son ventre avec des ondulations de houle, faisait trembler ses deux seins, et son visage demeurait immobile, et ses pieds n'arrêtaient pas.

Vitellius la compara à Mnester, le pantomime. Aulus vomissait encore. Le Tétrarque se perdait dans un rêve, et ne songeait plus à Hérodias. Il crut la voir près des Sadducéens. La vision s'éloigna. Ce n'était pas une vision. Elle avait fait instruire, loin de Machærous, Salomé sa fille, que le Tétrarque aimerait ; et l'idée était bonne. Elle en était sûre, maintenant !

Puis ce fut l'emportement de l'amour qui veut être assouvi. Elle dansa comme les prêtresses des Indes, comme les Nubiennes des cataractes, comme les bacchantes de Lydie. Elle se renversait de tous les côtés, pareille à une fleur que la tempête agite. Les brillants de ses oreilles sautaient, l'étoffe de son dos chatoyait ; de ses bras, de ses pieds, de ses vêtements jaillissaient d'invisibles étincelles qui enflammaient les hommes. Une harpe chanta ; la multitude y répondit par des acclamations. Sans fléchir ses genoux en écartant les jambes, elle se courba si bien que son menton frôlait le plancher ; et les nomades habitués à l'abstinence, les soldats de Rome experts en débauches, les avares publicains, les vieux prêtres aigris par les disputes, tous, dilatant leurs narines, palpitaient de convoitise.

Ensuite elle tourna autour de la table d'Antipas, frénétiquement, comme le rhombe des sorcières ; et d'une voix que des sanglots de volupté entrecoupaient, il lui disait :

– Viens ! viens !

Elle tournait toujours ; les tympanons sonnaient à éclater, la foule hurlait.

Mais le Tétrarque criait plus fort :

– Viens ! viens ! Tu auras Capharnaüm ! la plaine de Tibérias ! mes citadelles ! la moitié de mon royaume !

Elle se jeta sur les mains, les talons en l'air, parcourut ainsi l'estrade comme un grand scarabée ; et s'arrêta, brusquement.

Sa nuque et ses vertèbres faisaient un angle droit. Les fourreaux de couleur qui enveloppaient ses jambes, lui passant par-dessus l'épaule, comme des arcs-en-ciel, accompagnaient sa figure à une coudée du sol. Ses lèvres étaient peintes, ses sourcils très noirs, ses yeux presque terribles, et des gouttelettes à son front semblaient une vapeur sur du marbre blanc.

Elle ne parlait pas. Ils se regardaient.

Un claquement de doigts se fit dans la tribune. Elle y monta, reparut ; et, en zézayant un peu, prononça ces mots, d'un air enfantin :

– Je veux que tu me donnes dans un plat, la tête…

Elle avait oublié le nom, mais reprit en souriant :

– La tête de Iaokanann !

Le Tétrarque s'affaissa sur lui-même, écrasé.

Il était contraint par sa parole, et le peuple attendait. Mais la mort qu'on lui avait prédite, en s'appliquant à un autre, peut-être détournerait la sienne ? Si Iaokanann était véritablement Élie, il pourrait s'y soustraire ; s'il ne l'était pas, le meurtre n'avait plus d'importance.

Mannaëi était à ses côtés, et comprit son intention.

Vitellius le rappela pour lui confier le mot d'ordre, des sentinelles gardant la fosse.

Ce fut un soulagement. Dans une minute, tout serait fini !

Cependant, Mannaëi n'était guère prompt en besogne.

Il rentra, mais bouleversé.

Depuis quarante ans il exerçait la fonction de bourreau. C'était lui qui avait noyé Aristobule, étranglé Alexandre, brûlé vif Matathias, décapité Sosime, Pappus, Joseph et Antipater ; et il n'osait tuer Iaokanann ! Ses dents claquaient, tout son corps tremblait.

Il avait aperçu devant la fosse le Grand Ange des Samaritains, tout couvert d'yeux et brandissant un immense glaive, rouge, et dentelé comme une flamme. Deux soldats amenés en témoignage pouvaient le dire.

Ils n'avaient rien vu, sauf un capitaine juif, qui s'était précipité sur eux, et qui n'existait plus.

La fureur d'Hérodias dégorgea en un torrent d'injures populacières et sanglantes. Elle se cassa les ongles au grillage de la tribune, et les deux lions sculptés semblaient mordre ses épaules et rugir comme elle.

Antipas l'imita, les prêtres, les soldats, les Pharisiens, tous réclamant une vengeance, et les autres, indignés qu'on retardât leur plaisir.

Mannaëi sortit, en se cachant la face.

Les convives trouvèrent le temps encore plus long que la première fois. On s'ennuyait.

Tout à coup, un bruit de pas se répercuta dans les couloirs. Le malaise devenait intolérable.

La tête entra ; – et Mannaëi la tenait par les cheveux, au bout de son bras, fier des applaudissements.

Quand il l'eut mise sur un plat, il l'offrit à Salomé.

Elle monta lestement dans la tribune ; plusieurs minutes après, la tête fut rapportée par cette vieille femme que le Tétrarque avait distinguée le matin sur la plate-forme d'une maison, et tantôt dans la chambre d'Hérodias.

Il se reculait pour ne pas la voir. Vitellius y jeta un regard indifférent.

Mannaëi descendit l'estrade, et l'exhiba aux capitaines romains, puis à tous ceux qui mangeaient de ce côté.

Ils l'examinèrent.

La lame aiguë de l'instrument, glissant du haut en bas, avait entamé la mâchoire. Une convulsion tirait les coins de la bouche. Du sang, caillé déjà, parsemait la barbe. Les paupières closes étaient blêmes comme des coquilles ; et les candélabres à l'entour envoyaient des rayons.

Elle arriva à la table des prêtres. Un Pharisien la retourna curieusement ; et Mannaëi, l'ayant remise d'aplomb, la posa devant Aulus, qui en fut réveillé. Par l'ouverture de leurs cils, les prunelles mortes et les prunelles éteintes semblaient se dire quelque chose.

Ensuite, Mannaëi la présenta à Antipas. Des pleurs coulèrent sur les joues du Tétrarque.

Les flambeaux s'éteignaient. Les convives partirent ; et il ne resta plus dans la salle qu'Antipas, les mains contre ses tempes, et regardant toujours la tête coupée, tandis que Phanuel, debout au milieu de la grande nef, murmurait des prières, les bras étendus.

À l'instant où se levait le soleil, deux hommes, expédiés autrefois par Iaokanann, survinrent, avec la réponse si longtemps espérée.

Ils la confièrent à Phanuel, qui en eut un ravissement.

Puis il leur montra l'objet lugubre, sur le plateau, entre les débris du festin. Un des hommes lui dit :

– Console-toi ! Il est descendu chez les morts annoncer le Christ !

L'Essénien comprenait maintenant ces paroles : « Pour qu'il croisse, il faut que je diminue. »

Et tous les trois, ayant pris la tête de Iaokanann, s'en allèrent du côté de la Galilée.

Comme elle était très lourde, ils la portaient alternativement.